あしたもケロッと

文 やましたゆうこ
画 やましたようこ

直感で決めて進んでいきましょう　あなたはどのタイプ!?

START!

あなたの血液型は?
1 A → 家計簿を毎日きっちり
2 B → ジェットコースターは…
3 O → どちらかというと
4 AB → 喜怒哀楽の差が
5 いまだに不明 → 占いは?

家計簿を毎日きっちり
1 つけている → セカンドハウスを持つなら
2 つけていない → もしも魔法が使えたら

セカンドハウスを持つなら
1 都会の高級マンション → もしも、指輪を海に落としたら
2 島でのんびり → 困ったことが起こると

もしも、指輪を海に落としたら
1 潜って捜す → 「漁火」の大将タイプ
2 新品を買う → キャンディタイプ

ジェットコースターは…
1 大好き → もしも魔法が使えたら
2 怖くて乗れない → 料理は?

もしも魔法が使えたら
1 マントをかぶって透明人間になる → もしも、指輪を海に落としたら
2 ホウキに乗って空を飛ぶ → 困ったことが起こると

困ったことが起こると
1 つい、笑ってしまう → お気楽ケロタイプ
2 気になって夜も寝られなくなる → ひなこタイプ

どちらかというと
1 おっとりタイプ → 料理は?
2 せかせかタイプ → デートするなら

料理は?
1 得意である → 少女コミックは
2 食べるの専門である → 髪の長い男は

少女コミックは
1 あまり読まない → 「漁火」の大将タイプ
2 よく読む → ひなこタイプ

喜怒哀楽の差が
1 はげしい → 髪の長い男は
2 あまりない → デートするなら

占いは?
1 信じて頼る → 喜怒哀楽の差が
2 興味がない → デートするなら

デートするなら
1 海がいい → 少女コミックは
2 山がいい → 髪の長い男は

髪の長い男は
1 変人だと思う → お気楽ケロタイプ
2 セクシーだから好き → キャンディタイプ

夢はデッカイド～ 「漁火」の大将タイプ

あなたは、こうと決めたら何年かかってでもそれをやり遂げる力と技を持っています。大将とは年齢や性別を超えてきっと親友になれるでしょう。

何とかなるさ～の お気楽ケロタイプ

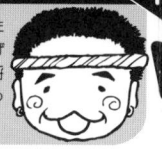

何も考えていないあなたの行動は行き当たりばったりです。運よくここまでやってこれましたが、これからも何とかなることでしょう。

石橋をたたいて渡る ひなこタイプ

堅実で真面目なあなた。なぜか周りの人からも手が差し伸べられて、幸せの階段を着々と上っていくタイプです。

天真爛漫 キャンディタイプ

サービス精神旺盛なあなた。いつもたくさんの友人に囲まれていませんか? 太陽のように明るくて人気者です。

あしたもケロッと

文 やましたゆうこ
画 やましたようこ

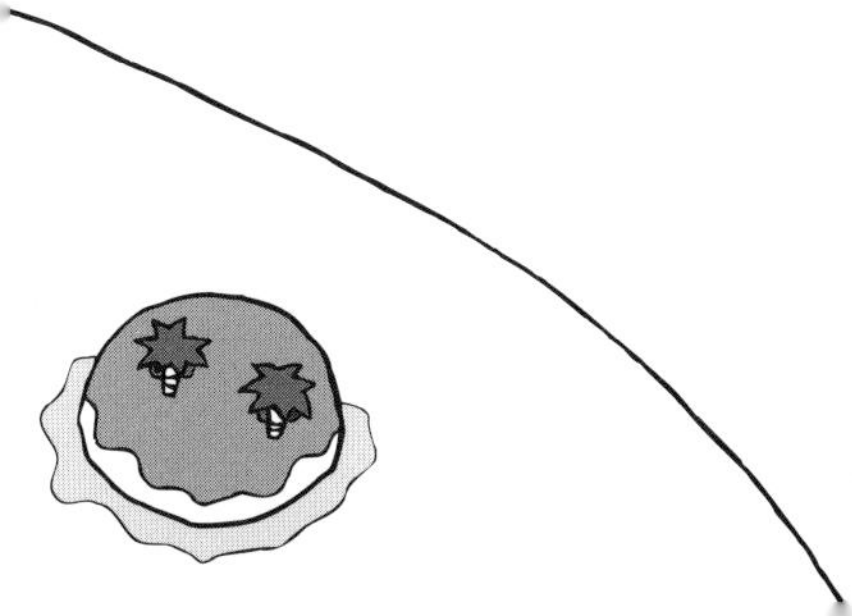

目次

装丁デザイン・経遠郁子

親不孝なムスメです

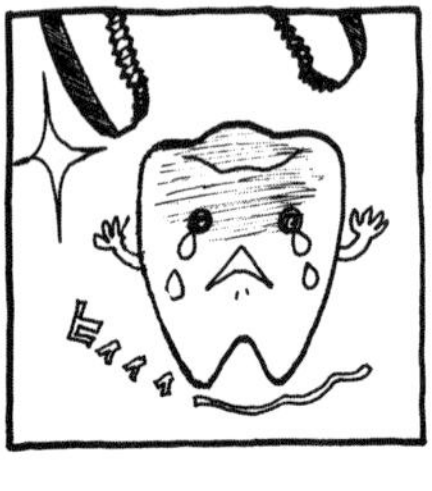

「奥にあるオヤシラズ。虫歯ではないですが、抜きますか？」

半年に1度、歯医者さんへ検診に行くと毎回聞かれる。

「いえ、抜かなくていいです」と答えてきたのだが、何故いつも同じことを聞かれるのだろう。ふと

「何かあるんですか？」と聞き返してみた。

年の頃なら30半ば。黒縁メガネをかけた生真面目そうな男の歯医者さんは、

「歳をとるとどんどん歯が硬くなるんです。抜きにくい場所にオヤシラズが生えてるので、いざ虫歯が出来たときには、困ると思うんですよね…」と説明してくれた。

そういうことなら1日でも若いウチに抜いたほうがいいに決まっている。私は

日に日に硬くなっていく奥歯を想像して耐えられなくなり、「今すぐに抜いてくださいっ」と返答を変えた。

軽くその場で抜いてくれるものだと思いきや、「オヤシラズは気持ちを集中してやりたいので、他の患者さんがいない時間帯に予約を入れて今日はひとまずお帰りください」と指示された。

オヤシラズを抜くってそんなに大変なことなのかなぁ…心配になる。

それからというもの

「ねえ知ってる？　歳をとると歯が硬くなるんだよ」と周囲に触れ回る私。

「え、もろくなるんじゃない？」と逆に聞かれ、

「それもそうだよねぇ。じゃあ、硬いけどもろいのかなぁ」などとちんぷんかんぷんな話になったりもしたが、ほとんどの人がオヤシラズを抜いた経験者だった。

ある人は3日間熱が出て頬っぺたが腫れ上がり、ある人は歯が痛くて1ヵ月も思うように食べられなかったそうだ。中には全身麻酔をしたり、入院をしたりという人もいた。

ダントツに多かったのが〝妊娠すると治療が限られる〟という理由で結婚を機にオヤシラズを抜いたという人。私はこの限られた狭い範囲の情報収集で、〝オヤシラズを抜くのは妊娠前。顔が腫れるから仕事は3日間休んだ方がよい〟という統計結果を得る。

さて、3連休をとって臨んだ抜歯の当日。歯医者さんに、

「体調はよいですか？　今日は頑張ってくださいね。時間はかかると覚悟してください」と声を掛けられ不安になる。

麻酔をしているのだから痛みは感じないはずなのに、ガリゴリする音と歯医者さんの、「ふぅ〜〜っ」という苦しそうな溜め息がどんどん私を圧迫し、苦しくて息ができなくなってきた。

そのうち〝どうして元気な歯を無理に抜くんだろう〟と後悔の気持ちでいっぱいになり涙までうっすら流れてくる。

ダメだ。前向きなことを考えなきゃ。

こんなに辛い思いをしてオヤシラズを抜くのだから何か楽しいことを…。

そうだ、私もこの際、妊娠することにしよう!!

強引に、この努力は全て可愛いベイビーを産むためだと妄想。

最初はやっぱり男の子かな。小さく産んで大きく育てよう。

歩けるようになったら「わんぱく」とか「ガキんちょ」と書いてある服を着せて散歩に出掛けて、…たまには女装もいいわね。

公園でシャボン玉なんか飛ばしちゃったりして。

ああ、なんて愛しいマイベイビー!!

抜歯後、うがいの水にいつまでも血が混ざるので何度も口をゆすいでいたら、「切りがないからもう止めてください。それよりほら、綺麗にカタマリで抜けました。ぜひ持って帰ってください」と歯医者さんが自慢げに抜いた歯を見せてくれた。折角だから思い出の歯をガーゼに包んでもらい、よろよろとした足取りで帰路につく。

家に着いたら即座にベッドに倒れ込んだ。おおげさに氷で頭と顔を冷やして痛み止めの薬も飲む。

日ごろ元気で風邪もひかない私は薬をもう10年以上飲んでない。たかがオヤシラズでこんなに気持ちが盛り上がるのも無理はないのである。

だが結局、どこも腫れることなく経過はすこぶる順調。3連休はただ時間を持て余すだけであった。

こうしてやるべきことを無事に済ませた私は今や妊娠に向けてまっしぐらだ。

基礎体温も毎朝つけているしカフェイン飲料も量を減らした。ちょっとばかり早いけれど妊娠線の予防マッサージも始めている。

まだ独身だから出産までには籍も入れておきましょう。

で、誰と籍を入れるかって話?

えへへ。そこだけがまだ準備不足なんですよね。

親の心子知らず　オヤシラズ血止まらず

まぁま〜♡
ヒィィ〜
フーフー
ゴリゴリゴリ

結婚祈願

うちの近所にある神社は、県内屈指の縁結びスポットとして雑誌に紹介されている。「夫婦」や「生命の誕生」にゆかりの深い縁結びの神様たちが祀られているそうだ。
妹のひなこは以前ここで安産のご祈祷をしてもらったのだが、その時の神主さんがそれはそれは煌びやかな衣装を身にまとった物腰もうやうやしい美男子であった。同席した私は、いたく感銘。神聖な気持ちでお祈りしたのを覚えている。
ひなこは稀にみる安産であった。
生まれた男児は元気にすくすく育っている。ついでに夫婦も円満ときたから、それもこれも数ある候補から選んだこの神社のご祈祷のおかげに違いない。

時々思い出しては神主さんの話をする私に、

「あの神社には確か結婚祈願もあったよ。ネエちゃんも拝んでもらったら？」とひなこが幸せに満ち足りた笑顔で勧めてくれた。

安産ならともかく、仰々しく結婚祈願をする女が世の中にいるのだろうか。ひょっとしたらそんな変わった人がいるかもしれないけれど、私には絶対に出来ない芸当である。


ところが数日後、私はひょんなことからお茶飲み友達のタカコと一緒に、まさにその神社へ行くことになった。

「あそこの恋のおみくじって有名なのよ。私、これから買いに行きたい♥ ついでに縁の薄いケロちゃんはご祈祷でもしてもらったらいいと思うわ」

軽いノリで誘われたので断る理由も思い浮かばず、その足でいざ神社へ行くことになってしまったのだ。

この際だから腹をくくって拝んでもらおうかな。

私は勇気を振り絞って社務所に足を踏み入れた。

「あれれ、誰もいない。お休みかなー」狭い社務所には人の気配がなかったのでぶつぶつ話をしていると、受付の引き戸がスーっと開いて無愛想な30代とおぼしき男が顔を出した。

「あの、結婚祈願をしたいのですが…」と切り出すと、

「はて、結婚祈願？　そのようなものはありませんよ」男はプッと噴き出した。そのようなものはやはりないのかと諦めて帰ろうとしたら、

「それは…、こちらでは良縁祈願にあたります」と男は笑いをこらえながら申込書を差し出した。

なんだ、そのようなもの、あるんじゃないの。私はムッとしてそれに書き込んだ。

受付の対応には少々がっかりしたものの、もうすぐあの美しい神主さんが現れて私のためにお祈りをしてくれると思えばたいした問題ではなかった。

待合室で待つこと20分。

ついに待ち焦がれていた神主さんが扉を開けて現れた。

しかし、驚いたことに目の前に立っているのはあの神主さんとは全くの別人だ

った。まるで、急に呼び出されてとりあえず衣装をつけて出てきた寝起きのアルバイト。にきび面の若い男で、むしろ縁が遠のいて行きそうなオーラの持ち主だ。

神主さんは、ひとりじゃなかったんだ！

私は予想外の出来事に、今度は心の底からがっかりした。

促されて仕方なく本堂へ足を運ぶ。いよいよご祈祷の始まりだ。アルバイト神主は、まず私の年齢を低いトーンで読み上げる。この場合は数えで計算するから実年齢より遥か2つも歳が上になるのだ。恥ずかしぃ～。良縁祈願に訪れた女性の中で、私はきっと最高年齢を記録するだろうな。

ほかにも干支や住所をうにゃうにゃと読み上げては大振りにドンドコ太鼓を鳴らし、”このめぐまれない女がどうぞ物好きな男と巡り合って結ばれますようにぃ～、えいやっ！“と気合を入れてくれるのである。

さらには神妙に起立して頭を垂れ、金ぴかのジャラジャラした短冊の塊みたいなもので頭をなでてもらう。

最後に私が前に進み出て玉串をクルクル回して捧げたら、二礼、二拍手、一礼。後は、足がもつれて転ばぬように注意しながら回れ右して自分の席に戻った。

アルバイト神主が変な気合を入れれば入れるほど、私は反対にフヌケ状態になっていくのを感じていた。

「やっぱり神社に吹く風はひんやりして神々しいわね」

ご祈祷を終えて石段を降りているとタカコが口をきった。

すっかり落ち込んだ私とは裏腹に何故か彼女は清々しい顔つきに変わっている。

「誘っておいてなんだけど、実は私、ご祈祷は初体験だったの。ケロちゃんのために心から良縁をお祈りしたよ！」と目を輝かせているではないか。

そうかそうか、それならよかった。たとえ神主が寝起きだろうが私がフヌケだろうが、彼女さえしっかりお祈りしてくれたなら、払ったご祈祷料は惜しくない。

私は根拠のない「良縁」を確信して戴いたお札を愛おしく抱きしめた。

良縁口に苦し

チッ
ケロちゃんに良縁がありますように…

彼の秘密

それはある冬の、とても寒い日の出来事だった。

私は小松さん夫婦に連れられて、とある喫茶店に向かっていた。とはいえ簡単に行ける場所ではない。その店は長崎にあるのだ。岡山を夜7時に出発して、車で西へと走ること10時間。やっとこさ到着するという遠さである。何故わざわざそんな遠くへ向かったかというと…。

つい先月も訪れたという小松のダンナさんが、そこで人生初の不思議体験をしたからである。愛する奥様に同じ体験をしてほしいと企画された今回の長崎ツアー。ちゃっかり私も便乗することになったのだ。

うわさでは、その喫茶店はとにかく大はやりで朝な夕なに長蛇の列ができているとか。

いったい何がそんなに人を惹きつけるの？　料理、それとも接客？　いえいえ、何を隠そう秘密はマスター。彼は超能力者で、予知、透視、テレパシーなどの力があるというのです。

彼に会ったら私は密かに聞きたいことがあった。

「結婚できますか？」「子供は授かりますか？」この二つだ。

大勢の前でいきなり手を上げて聞く勇気さえあれば、意外と何にでも答えてくれるらしい。

明け方の5時、目的地に到着。古びた商店街に佇むその店は、意外に地味で拍子抜けした。

小松のダンナさんは運転疲れも感じさせないテンションの高さで「一番乗りだぁー！」と喜び勇んで店の入口の前に陣取った。何やら先頭集団にはいいことがあるようだ。私と奥様もその隣に並んで座る。

それにしても真冬の凍った地面の冷たいこと冷たいこと、持参した毛布にくるまっていても耐えられない寒さだ。

その時、何処からともなく人影が現れ、ごく自然に私の隣へ腰を下ろした。

そして、一組また一組と人が集まってきて、辺りはまだ真っ暗だというのに、あっという間に30人の列ができた。延々5時間そこでひたすら待ち続けた私達。どうやら超能力の前にこっちの忍耐力が試されるようである。


朝10時。待ちに待った開店。

私達は一番乗りのお陰でたった3席しかないカウンターの特等席に座ることが許された。

目の前には40代の爽やかな男性が立っている。

そう、彼こそが私の会いたかった人。

私は満面の笑みで彼を迎えた。

彼も素敵な笑顔でこう言った。

「ご注文は?」

私は答えた。

「コーヒーをください♥」

まるで普通の喫茶店、である。

出てきたコーヒーは格別苦くて頭にしみたが、それはきっと寝不足のせいだろう。

店内を見回すと、テーブル席に座った後続集団が各々注文をしている。コーヒー、紅茶、サンドイッチにカレー、オムライス…。

やっぱり普通の喫茶店だ。

特等席から厨房を覗くと、マスターがサンドイッチを作っているのが見えた。どうやら調理には自慢の超能力を発揮しないようである。このペースだと全員の料理が出来上がるのは随分先になりそうだ。

私は暖房の効いた部屋でホッとしたのか、ついうたた寝をしてしまった。

ドタドタした足音で目が覚めた。

他のお客さんがカウンター席に集まってくる。

ついにショータイムの始まりだ。何しろ私達は最前列。目の前にはマスターが立っている。やっぱり爽やかだ。彼は私に向かって言った。

「ようこそ、ケロさん。あなたが今日ここに来ることは決まっていたんですよ」

え、何で？　まだ名前も名乗ってないのに…。口をポカンと開ける私。

次に彼は私の生年月日や両親の名前、友達の名前までスラスラ喋り、ご丁寧に

漢字まで説明してくれた。

一緒に来ている小松ご夫婦も知らないことを何故彼は知っているのだろうか。

まるで超能力、まさに超能力。

さらにマスターは白い紙を1枚差し出し「好きな絵を描いてください」と言うので、私は思わずカエルの絵を描いて渡した。

直後、彼は自分のポケットから別の紙を取り出したのだが、その紙にはさっき私が描いたのとそっくりなカエルが描かれていた。

周りのお客さんが「おぉーっ！」と奇声を上げる。

それからもコインに穴を開けたり、スプーンをフォークに変えたりと不思議のオンパレード。

私の既成概念はガラガラと崩れ去った。


「あなたは寿命が知りたいですか？　将来が知りたいですか？　答えてあげることもできます…。でも、それがあなたにとって幸せかどうかわかりません」と彼は意味ありげに言い、最後にこう締めくくった。

「皆さんもうおわかりですね。思ったことは実現します。イメージしたことはその通りになるんです。誰にでもその力があるのです」

満面の笑顔だった。

結局、彼に手を上げて質問をすることは出来なかった。

それよりも私がどうしたいか、それが答えなんだよね。

私は、コーヒー代を払って店を出た。外には不思議な体験希望の第二陣がまた長蛇の列を作っていた。

願ったり叶ったり

初めての男

節分といえば豆まきである。

大将は岡山市高松稲荷にある最上稲荷の豆まき式に出るのを楽しみにしていた。

今年で3年目になる大将の豆まき。母と私と妹は撮影隊として彼に同行する決まりになっていた。ちなみに大将とは父のニックネームである。

この豆まき式、豆をまく「福男・福女」が約7百人、拾いにくる人達が約3万人と、かなり盛大な行事。「福男・福女」は一般公募で、干支に関係なく申し込みさえすれば誰でもなることができるのだ。

豆まき当日、大将は朝から浮き足立っていた。

時折、私の方を向いて含み笑いをする目は確かに何かを企んでいる。

朝9時、最上稲荷に到着。

控え室では大勢の福男・福女に、係員が手際よく衣装を付けていた。

衣装は全部で4種類。松・竹・梅・百大黒と、それぞれに名前がついている。松・竹・梅は同じ袢のスタイルで色違い、百大黒だけは大黒様の扮装をするのだが、今回大将が選んだのは一番派手な百大黒の衣装だった。

チューリップ型をした白いズボンに黒い上着、さらに金色の腰巻をして、頭には赤色の巾着みたいな帽子をかぶり、最後に紫色の福袋を肩に背負ったら出来上がりだ。

このにわか作りの大黒様が横一列に百人。なかなか壮観である。

全員が同じ服を着ていると誰が誰やら区別がつかなくなるものだ。カメラマンにとっては厄介なことだけれど、大将はこの奇妙な衣装の上に、ヒョウ柄のネッカチーフと太い金縁のサングラス、そして金ぴかのピアスという独自のファッションを繰り広げているため、ひとりだけ目立っていた。

豆まき用に作られた壇上にずらりと大黒様が並んで、いよいよ豆まきが始まる。

我ら撮影隊はシャッターチャンスを逃さぬようにとしっかり足場を固めた。

なにしろ周囲には豆を拾うべく気合が入った人が約3万人！

ある人は虫取りの網を振りかざし、ある人は割烹着の前掛けを広げている。ちょっとでも油断したら足は踏まれる、突き飛ばされる。しかも、上からは豆の袋がビュンビュン飛んでくるのだからカメラマンは命がけの仕事なのだ。

「福は～うち、福は～うち」

私は大将の姿をレンズで追うが、逆光のせいでなかなかいい表情が押さえられない。焦ってバシャバシャとシャッターを切っているうちに、あっけなく百大黒組の時間は終了してしまった。

とその時、

「うぉぉ～～～!!」

と予期せぬ大歓声が起こった。

慌てて目をやると、そこだけ群集が騒然としている。

それはまさに大将の目の前。どよめく人ごみに向かって、彼が何かを投げているのだ。

下にいる人たちは奇声をあげて手を我先にと上へ伸ばしている。

投げているのは豆じゃない。

千円札、2千円札、5千円札…。

そして、大将はついに1万円札を振りかざした。

引き揚げ態勢だった大黒様ご一行も、唖然として足を止め、この騒ぎを見守っている。

「ぎゃお〜〜〜!!」なんだか、豆まきより断然盛り上がってきた場内。

満面の笑みでパフォーマンスする大将を私と妹はただ呆れて見ていたが、その傍らで母だけは大将の勇姿に感激し嬉しそうに拍手を送っていた。てっきり怒ると思ったのに…。夫婦って似たもの同士なのだろうか。


思い起こせば2年前。

大将は豆まきのあと、

「豆もええけど、お札をまいたら風にひらひら舞って、もっと面白いと思うんよ。父ちゃんはあそこで"お金を投げた最初の男"になりたいなー」と夢物語を

1000
100

話していた。

実をいうと去年、彼が1万円札を1枚、ふところに忍ばせていたのを私は知っている。しかし、それを取り出そうか出すまいかとシドロモドロになっている間に豆まきの時間が終わってしまったのである。

帰り道、3年目にしてやっと夢を叶えた大将はさぞご機嫌なのかと思ったら、何故だかその顔はさびしそう。

ヘソクリを全部使ってスッカラカンになり、早くも後悔しているようだ。

「来年はもう豆まきにも出れんじゃろうな…」ボソッと大将は言った。

覆水盆に返らず
投げた札財布に戻らず

飾りじゃないのよピアスは

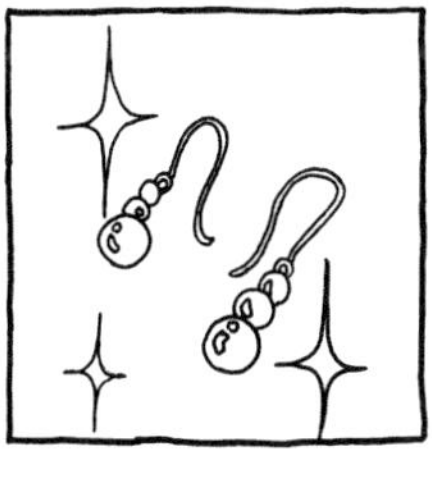

たまに会う大将にはいつも驚かされる。

72歳の春、何を思ったか一重だった左まぶたを二重にした大将。

そういえば右目はいつも二重なのに、左目はたまにしか二重じゃなかったかもしれない。周囲は感じていなかったが、本人は70年間もそれを気にしていたらしい。

ある日、テレビコマーシャルを見て、早速その病院へ行ってみたら、たった20分で二重にしてくれたとのこと。

「二重にしたら目がパッチリ開いて、視力も良くなったみたいじゃ」と至極満足そうだった。果たして本当だろうか。

数ヵ月後、元の一重に戻っていたのはご愛敬。ともかく、その行動力にはびっくりである。

その夏、今度は耳たぶに穴を開けた大将。

両耳に金色のファーストピアスがはめ込まれ、キラッキラに光っているのを見た私は目を疑った。

「なんでまた今更ピアスなの？」その問いに、大将は大義名分を用意していた。

今でも現役で漁師料理の店を営み、仕事ひとすじの彼には電話がよくかかる。その度に、補聴器（なにしろ72歳は耳が遠い）を外して会話をするのだが、頻繁に外したり付けたりするうちに補聴器がよく行方不明になってしまう。

最近の補聴器はデジタルで高級品。無くしたら困るため、耳に輪っか（ピアスのこと）をつけて、そこへ補聴器をぶら下げておけば安心だというのだ。

「でも、それなら片方の耳だけでよかったんじゃないの？」とつっこむと、

「ひとつ開けても、両方でも料金が一緒だったんよ」と照れ笑い。

本当はただピアスをしたかっただけ、なのでは…。

そして冬。寒いのにズリ落ちたズボンを引きずって歩いていた大将に私が注意すると、

「知らんの？　若者はこういう履き方するんよ」と逆に笑われた。

ある日のお出かけ
聞こえんから
誰か聞いてくれ～
← 補聴器
← ピアス
チェーンで合体
※ただし電話の時は外す
← 予約帳
←リアルな100万円型
メモ帳
← セッタ

その時ちょうど、本物の若者、大将にとっては可愛い孫娘から電話がかかってきた。

「大学が冬休みになったら、おじいちゃんちに行くね」

なんと良くできた孫でしょう。

神戸から、おじいちゃんの店を手伝いにひとりでやってくるというのだ。

しかし大将は急に渋い顔になり、

「あかんあかん。ウチには帰ってくるな！」と即答。

「何でかって？…そりゃあ、髪の毛を赤く染めとるからよ。日本人の髪は黒いんじゃから、帰って来たいなら髪を黒く直しなさい」と力説している。

呆れた。ピアスはＯＫなのに茶髪はダメなんて、そりゃあないでしょ。

情けは人のためならず　ピアスは補聴器のためならず？

いい加減なムスメです

ある夏の日。

「ケロ、今日は誕生日じゃろ。ウチに帰って来いよ!」と大将に呼び出された。おだやかな波、けだるそうな野良猫たち、店の前に立つ曲がった電柱…。久しぶりの島はいつもと変わらず私を迎えてくれた。

変わっていたのは我が家の風呂である。

「おかえり、ケロぉ~!」と待ち構えていた大将に手を引かれ、私は家に着くや否や家の裏手に連れて行かれた。

墓地に面した空き地に、真新しい倉庫が建てられていた。その建物は少し傾いていて、新しいのにどこか古臭い。これはまさしく大将の手になるものだとすぐにわかった。

「はよ開けてみー」得意顔の大将に顎で指図され、私は仕方なく倉庫のドアを開けた。そしてびっくり仰天したのだ。

倉庫と見えたのは脱衣室、その向こうには〝露天風呂〟が鎮座していた。

コトコト湧き出すお湯の音、モワモワ立ち昇る白い湯気が風情たっぷりで、おまけに船をかたどった浴槽は檜の匂いが香ばしい。脱衣室から浴槽まで太鼓橋を渡って行くという演出もなかなか心憎い。辺りには観葉植物や自生の草を生い茂らせ、あたかもジャングル風呂だ。

背面にあるのがお墓なら、目の前にあるのはきっと極楽に違いないと私は思った。

折しも夏の真っ盛り。さっきまで立っているだけでもつらかったのに、この場所にはスースーと浜風が吹いてきて不思議なほど爽やかだ。大将は、「涼しいじゃろぉ。墓が近いからかなぁ。幽霊風呂じゃな」と不敵に笑った。

私は早速、昼間から風呂に入ってみる。

おや、船の浴槽の隣には水風呂もあるではないか。水風呂には鯛やヒラメが泳いでいる。海草の間を魚達が気持ちよさそうに…

ん、魚が泳いでいる？　ということは、ひょっとして、これは海水なの？

蛇口から出るお湯と水をなめてみたら、どちらも塩分を含んでいた。

「タラソテラピーじゃが～!!」と感激し、湯船でひとり声をあげるカエル1匹。

入浴後は、肌が塩でべたつくのかと思ったら反対にツルツルしてサラサラする。大将の仕業にしては完璧であった。

私は風呂からあがって一目散に大将の元へ行き、

「海水風呂サイコー！　海水風呂サイコー！」と連発した。

「そうかそうか、ありがとう。で、加減はどうじゃった？」と彼が聞くので、

「湯加減もちょうどよかったよ」と答えたら、大将は、そんなことには全く興味がないという顔をして聞きなおした。

「湯加減じゃなくて、塩の加減よ。甘いとか辛いとか、あるじゃろ？」

私は予想外の質問に戸惑ったが、いちかばちか

「え？　うん、それもいい加減だったよ」と慌てて返事をした。

「そっかぁ、塩の加減はちょうどよかったか。雨が続くと薄味になるし降らんと辛くなる。なかなか塩は加減が難しいんよ」と大将は頷いて至極満足そうになった。

雨降って地固り塩も薄まる

魔法の水

マイ露天風呂にすっかり気をよくした大将は、早くも次の作品に取り掛かっていた。

今度は何かと思いきや、またも海水風呂である。

しかし露天ではなく内風呂、しかも家の中ではなく店の中に作ってしまった。

大将が細々とやっている"漁師料理"の店にはメインとなる場所に生け簀があり、周りをぐるりと囲んだカウンターに座って食べるのが人気だったのだが、その生け簀を取り払って同じサイズの風呂を据え付けたのである。

つまり店に入ると、まず目にはいるのが風呂という奇妙な店に様変わり。

「なんでまた、ここに風呂なの？」とお客さんに聞かれた大将は、

「アートですぅ」とはにかんで答えていたけれど、お客さんは「アトでね」と聞き間違えて、食後に風呂を楽しむものと納得していた。

海水は風呂だけでなく何かにつけて重宝された。掃除や洗濯、料理にも使うのだ。海水で木のテーブルや階段を磨くと何故だかツルピカになった。スイカにひとふりで甘みが倍増。ご飯を炊いたら冷めても旨い。侮るなかれ塩の力。

大きな声では言えないが、実は私は身体に小さな悩みを抱えていた。もう20年来、手のひらに我が物顔をした小さな水疱の集合体が住みついているのだ。

手荒れと言ってしまえばそれまでだが、これがなかなか厄介もの。最初に行った皮膚科では「絶対治ります」と優しく励まされ包帯をグルグル巻きにすること3ヵ月。不便な生活に耐えた甲斐もなく改善はみられなかった。

次に行った内科では「水虫かも」と世にも悲しい通告を受け、飲み薬も試してみる。

３軒目で「これは水虫ではありませんが治りもしません」と意味不明な太鼓判を押されたので完治はとっくに諦めていたのだ。

それが一体全体どうしたことだ。気が付けば水疱くんたちが、手のひらから姿を消している。

これぞまさしく塩の力に違いない！

私は手のひらを見つめながら思いがけない喜びに震えた。

いざ水疱がなくなると、水仕事のあとガサガサして痛かったこと、水疱の上の皮膚が破れてジクジクしたこと、握手するとき彼らの存在に気づかれるのが恥ずかしかったことなどが走馬灯のように思い出された。

長い間寝食を共にしてきたのに黙っていなくなるなんて水くさい。

別れはいつだって寂しいものだ。

一期一会

海水ちゃん
水疱くん
きっと水疱くんは
海水ちゃんの深い愛に
包まれて…
仲良く溶け合ったに
違いないわ…♡

初めてのドライブ

妹のひなこは9ヵ月もかかって免許をとった、迷運転手。

勢いで車を買ったまではよかったけれど、1週間経っても2週間経っても全く運転する気配がない。

腕に自信がないからとはいえもったいない話だ。

おせっかいな姉が、

「車貸してよ。その辺をパトロールしてきてあげる」と頼んでみたところ、

「それだけは、絶対にいや！」と断られた。

確かに昔は用水路に落ちたり、田んぼに落ちたりと数々の伝説を作ったけれど、今ではすっかり名ドライバーの姉上様を信用していないようである。

暫く様子をみていたが乗る気配もないので、今度は、「ふたりでドライブに行こうよ。蒜山なんかどう?」と誘ってみた。私の計画は初心者にはきつい半日コース。恩原高原を経由して岡山市内まで帰ってくるというものだったので、てっきり断られると思っていたら、「行きたいー！　蒜山でおいしい物食べたいー！　ジャージーヨーグルトにジャージーソフトクリーム。ジャージーチーズケーキもね♪」と快諾。

ひなこがそこまでジャージー好きだったとは…。妹思いの姉上様としたことが全然知らなかった。

こうなったら是非ともこのドライブを成功させ、ジャージーシリーズを思う存分堪能してもらおう！　ついでに巧みな運転技術も身につけてもらえば万々歳である。

さて、ドライブ当日。

新車で初めての道、しかも高速道路を走るのは負担になるだろうからと往路の運転は私がすることになった。

ここで、ある重大なことに気づく。私はまだ蒜山高原に行ったことがなかったのである。

当然のことだが目的地は高原。高いところに向かって走って行くわけで高所恐怖症の私は出発してすぐに身体が硬直してきた。

おまけに苦手なカーブの連続に頭はクラクラ、額から汗がポタポタ落ちてくる。妹にこの情けない姿を気づかれたら面目丸潰れだ。

私はとにかく黙り込みひたすら前だけを見て運転した。

2時間後、やっとの思いで目的地に辿り着くことができた。

周りの景色に見とれていて何も気づかなかった様子の妹。さらに念願のジャージーシリーズを次々とたいらげ今や上機嫌である。

私も食べたかったけれど、多量の冷や汗を掻いたのでこのうえ冷たいものを食べたらきっと身体が凍りつくと思い、我慢した。

帰り道、今度はひなこが運転する番だ。

「一般道だし車通りも少ないからゆっくり走ろうね。ネエちゃんが横にいるから何があっても大丈夫だよ」と若葉マークに優しく声をかけて、助手席に乗り込んだ私。

「うん」と明るく返事をして運転席に腰を下ろす、ひなこ。

さあ、いざ出発！　と思いきや、ひなこは車のあちこちを触り始めた。

どうやらハンドルの位置が遠かったらしく、ぐいっと力任せに座席を一番前まで押し出した。

あとで気づくのだが、この時むやみに触りまくったため、誤って給油口を開けてしまったひなこ。次の給油までそのまま走る破目になる。


少々、前のめりである運転手が気になるところではあるが、ポジションも決まったことだし、今度こそ出発か！　と思ったのも束の間。今度は車のポケットから一冊の本を取り出したひなこ。ドライバー用の説明書を読みフムフムと大きく頷いている。

今更ここで『はじめての運転』という本を読んでも手遅れではないだろうか？

数分後、「よし！」と気合を入れ、自信に溢れた様子でエンジンをかけた。

案の定、走り出してからというもの、ガタンガタンという変な音がして、アクセルとブレーキを交互に踏み込んでいるような不安定な乗り心地だった。

ひなこは顔をハンドルよりも前に突き出し、どんどん前のめりになっていく。

助手席の私はシートにぴったり張り付いて手すりを固く握りしめた。

途中でツーンと鼻をつく異臭を感じた私は、

「ちょっと待って。この車、何か変な臭いがするよ」と叫んだ。

ひなこは窓を開けて、

「ああ、きっとあれだよ。何か燃やしてるみたい」と向こうの山を指差した。

確かに白い煙がモクモクと上がっている。ブレーキが焼きついたみたいなゴム臭い匂いだったので、きっといけないものを山で燃やしてるんだなと思った。

気を取り直してまた山道をドスンドスンと走ること1時間。相変わらず不安定な走りだけれど、きっとこの車はこんな乗り心地なのだろう。

山道を抜けて最初の信号に引っかかった。

車が停止したそのとき、ひなこは「ハッ」と小さな声を漏らした。

「ネエちゃん、ごめん」

「どうしたの？　疲れたのなら運転変わろうか？」と心配顔の私に向かって、

「サイドブレーキ下ろさずに、ずっと運転してたみたい…」と半べそで告白した。

変な臭いがするよ
外でしょ

そういえば気になっていた目の前の、びっくりマーク（！）

今日は何で赤く点灯しているのかな、と不思議に思っていたのだが、これがまさしく「サイドブレーキがかかっています」というお知らせだったのだ。

信号が青になり、サイドブレーキを下ろした車は、ほんの少しだけスムーズに走り出した。

初心忘るべからず
サイドブレーキも忘るべからず

あられ

「叔母ちゃんが〝まんじゅういんし〟をくれたよ」

親戚の家に行っていた妹ひなこが箱を抱えて帰ってきた。

「それを言うなら〝まんちゅういんし〟。香典返しのことだよ」

私は思わず吹き出して箱の中身が饅頭ではないことを妹に言って聞かせた。

箱の中身はあられの詰め合わせであった。

「叔母ちゃんがお茶漬けにどうぞと言ってたよ」とひなこが付け加えたので、

「ああ、これはお茶漬け用のあられだね」と私は知ったかぶりをして、あられの袋を開けた。

途端に醤油の香ばしさが鼻をつき、あとから梅や海老の香りまでしてきた。

色とりどりの四角や花や渦巻きのあられがザクザク出てきて、今すぐ食べてくれと言わんばかりである。

我慢し切れずにひとつつまむ。そのまま無言でふたつつまみ、もひとつつまんで…、

「ん～、これはかなり上質なあられだわ。お茶漬けにする前にひと先ず素材の味を楽しもう」とまるであられのソムリエにでもなったかのごとく味利きした私はひなこにお茶を入れさせた。

「このですねぇ、今年採れた静岡産緑茶の芳醇な喉越しと～、瀬戸内の磯の香り漂うあられの食感が織り成すハーモニーは絶妙で…」などと調子にのってソムリエごっこをしながらも、あられを食べる手は止まらない。

そこへ母登場。

「ふたりとも楽しそうじゃなぁ、何食べとん？」

「あ、母ちゃん。あられ食べる？お茶漬けにどうぞと貰ったんだけど」とすすめると、母は急に眉間にシワを寄せて顔を横に振った。

そんなにあられが嫌いなのだろうか。

ん〜
このハーモニーは…
うま〜♡

五十歩百歩

呆れた様子でふたりの娘の顔を見回した母は、いつになく低い声で言った。

「それを言うなら、お茶漬けじゃなくて、お茶うけにどうぞでしょ」

ケロのテレビ体験

初めてのエッセイ『どんなときもケロッと』を出版したときにPRのため、あるテレビ番組に出た。

それは日曜朝の生番組で、日曜の朝といえば昼までグースカ寝ている私は一度も見たことがない番組だった。

毎回地元の女性アーティストや起業家などをゲストに呼んで宣伝や応援をしてくれる20分のコーナー。司会のアナウンサー今川さんとコメンテーターの山本さんと3人でお喋りしながら進めていくというものだ。

本番の数日前、私は今川さんに呼ばれてテレビ局を訪ねた。

今川さんは30半ばの小柄な人で、ジーンズ姿に茶色い髪を伸ばし、クリッとし

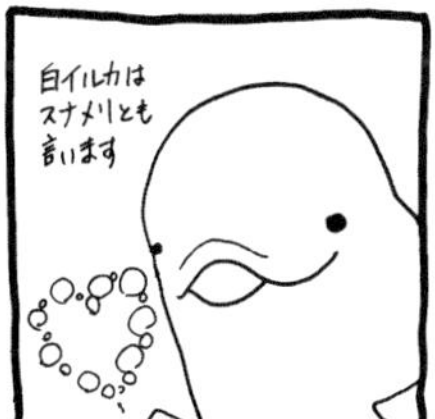

た大きな目、長い爪には緑色のマニキュアをしていた。

会った早々、デジカメで私の顔をパシャリと1枚撮影。新聞のテレビ欄に載せる顔写真が撮られた。

今川さんはそれからもチャキチャキと質問を投げかけ、私はそれに「うーんと、えーと」と歯切れの悪い返事を繰り返す。

「じゃあ、あとは適当にシナリオを作って送りますから読んでおいてくださいね」という今川さんの締めの言葉で打ち合わせは終わった。

本番当日は8月の初旬。蒸し蒸しと暑い日であった。

私は袖なしの白いワンピースに白い靴、手には白いバッグを提げてまるで海から出てきた白イルカのような格好で局に出掛けていった。

今川さんは相変わらずのジーンズ姿で長い緑色の爪を魔女のように生やしている。

しばらく待っていると、コメンテーターの山本さんが登場。

丸顔でおかっぱ頭の50代女性、山本さんは小さいながら貫禄のある人で、工芸を主体にマルチな活躍をしている方だそうだ。彼女はテレビ局のスタッフを従えて「○○ちゃん、おはよ」「元気そうね」などと周りに声をかけながら、慣れた様子でこちらに近づいてきた。

彼女の格好は、私と同じ白色のワンピース姿であった。

もろかぶり！

これではまるで2頭の白イルカ姉妹である。

これは困ったことになったとビクビクしていると、さっきまでリラックスしていた今川さんが急に背筋を伸ばして立ち上がった。

そして

「まあ、夏らしくて素敵な装いですね」と山本さんに声をかけたのだ。山本さんは「じゃろぉ」と満足そう。さらにスタッフまで

「涼しそうでお似合いですぅ」と誉めだす始末である。私は居ても立ってもいられなくなり

「すみません。服がかぶっちゃいました」と先に謝った。

一同沈黙。

こうなったら今川さんもイルカになって、白イルカ3人娘でデビューするのはどうかしらん。きっと夏らしさも3倍に膨らむはずだ。

しかし、山本さんが、もう1枚緑色の服もあるからと車まで取りに帰ってくれ、白イルカ問題は意外にあっさりと解決したのである。


時間が迫ってきた。

3人娘はガラス窓の向こう側にあるスタジオの中に入り、山本さんが真ん中、左右を今川さんと私が挟んで座った。

どうせシナリオ通りに喋るだけだ。私は呑気に構えていた。

着々と時は流れ、私は台本をチラチラ見ながらインタビューに答えていく。

「ケロさんがこの本を出すきっかけは何だったのですか?」

私は答える。

「よくあることですが、女性が何かの節目に出すヌード写真みたいなものでして、いっそのことヌード写真でもよかったかしら…」

ここで、急に山本さんが食いついてきた。

「何言ってんのよ。女優さんでもあるまいし、あんたのヌード写真なんか誰も買

白イルカ3人娘♡

やしないわよ」しかも、何だかご立腹である。
あれれ、今川さんの書いたシナリオ通り喋ったら怒られちゃった。助けを求める目線を送ってみたけれど、彼女は下を向いて笑っているだけ。
またここでも
「はぁ、すみません」と山本さんに謝る私であった。

その夜、家族揃ってテレビ局から貰ってきたビデオの鑑賞会を行った。

問題発言もあったので気が進まなかったが仕方がない。

家族はスイッチを入れるや否や、勝手なコメントを述べ出した。

「太って見えるよ。…何で白い服着て行ったの？」

「このアナウンサー、誰？」

「真ん中の人は何してる人？　何歳？」

「ケロの髪って黒くて海苔みたいよなー」

みんな、それぞれが言いたい放題のうちにビデオ鑑賞会は終了。

結局、誰も私の話なんか聞いちゃあいなかったのである。

女三人寄ればキャンディーズ

私はスーちゃん

夜のお仕事

その頃私は、健康ランドで働いていた。

漢方のお風呂が神経痛や美容にすこぶるいいと評判のこのお店。中には食堂や美容院、ゲームセンターやらムービーシアターまであって日がな一日パジャマでダラダラ過ごせるのが売りの人気店だった。

毎朝、社員はロビーで朝礼を行う。

号令にあわせてシャキッと整列。作り笑顔で接客用語の唱和。締めは店長のショートスピーチを聞くのがお決まりである。

なにぶん毎朝のこと。ネタが尽きたら以前に話したことを繰り返すことになるのは仕方がない。店長はよく「折り紙」の話をしていた。

「えー、客商売には忙しいときもあれば暇なときもある。特にフロントカウンタ

ーに立っている皆さん。暇だからといって従業員同士のお喋りは厳禁。それでなくても岡山弁は遠くまでよく聞こえるんです。岡山弁で、じゃーじゃー言ってるとみっともない。お喋りするくらいなら折り紙でもしてください。カウンターの外から見たらよっぽど仕事しているように見えますからね」

これを聞いて、なりゆきとはいえフロントの責任者だった私はお喋りに気をつけようと思ったものだ。

ある夜、私はカウンターの内側で気になるものを見つけた。

それはメモ紙で作った折り鶴だった。

「あれ、この鶴は？」そこにいた夜専属アルバイトの藤原さんに尋ねたら、

「さあ知りません」と答えてささっとゴミ箱に鶴を捨てた。

朝礼の話とかぶってはいたけれど、夜専属の藤原さんは知らない話だからきっと偶然だろう。

3日後。また夜の当番になった私はフロントの裏で信じられないものを発見した。

棚の横の目立たない場所にみごとなまでの千羽鶴が吊るしてあったのだ。

今度はメモ紙ではなく会社のピンク色の包装紙を使っている。しかも一畳ほどもある大きな包装紙をわざわざ10センチ四方に切りそろえて鶴を折り、それをご丁寧に糸で繋げてあるのだ。

いったい何時、誰が、何のために？

私は血相変えて東主任に問いただした。真面目で仕事に厳しい東主任、しかも美人だ。きっと仕事中に折り紙をするなんてことを許すはずがない。サボっている人達をきつく叱ってくれるだろう。

「東さん、あれはいったい何？」

東主任は言った。

「最近、夜が暇でして、みんなが一生懸命に鶴を折っていたので『いっそのこと千羽鶴にしましょう』と私が提案したんです。やっぱり…、いけなかったですかね？」（にっこり）

私は呆れて今度は店長に訴えた。

「店長が妙な例えをするから、みんなが一致団結して夜な夜な鶴を折ってたんで

すよ。しかも千羽鶴にしてました」

店長は答えた。

「ええがぁ。岡山弁でじゃーじゃー喋るより、鶴でも折っとった方が賢そうに見えるで～」

その後すぐに千羽鶴は何処かへ姿を消していた。

この何日間か、せっせと鶴を折っていたフロントのスタッフはさぞかし賢く見えていたことだろう。

浮世は夢

BAR イスタンブール

英会話教室に通い始めて、はや7年。

こらえ性のない私の習い事にしては最長記録を更新中だ。

”BAR イスタンブール“

とても怪しげだけれど、これが英会話教室の名前である。

岡山市内の繁華街にあるビルの2階。狭くて急な階段を上っていくと薄暗いライトに照らされた鹿の剥製が迎えてくれるその店は、まるで時代に取り残されたよう。寂れた店内には1階にあるネールサロンの匂いが充満している。

気が向くと週末には営業することもあるらしい。

英語を教えてくれる先生はそのバーの気まぐれママである。

先生の名前はキャンディ。

とても愛くるしい名前だが、何を隠そう本人が命名したニックネームである。風貌もとても愛くるしくて不二家のペコちゃん似。巧みな話術の持ち主でその面白さはどこか上沼恵美子を彷彿とさせる。

私の名前はルーシー。

本当は憧れの映画女優と同じキャメロンにしたかったけれど、自己紹介のたびに舌を噛みそうになるのとスペルを覚えられないのでルーシーに改名した。

クラスメイトは、ネル、ティミー、ビアンカ、レイチェルの4人。

キャンディ先生を含む全員が日本人の女性、しかも熟女である。

英語のレッスンはいつも楽しい。先生はとても熱心で、生徒達もほとんどが皆勤。その皆勤ぶりときたら、あと10分しかレッスンが受けられない日でも、わざわざ顔を見せに出て来る人がいるぐらいだ。

この英会話教室、本来の目的である英語はほとんど使わない。

唯一、各人に英語名をつけているため、

「レイチェルはコーヒーにお砂糖入れる？」

「ビアンカはどう思う？」

などとお互いを英語名で呼び合うことでそれらしさを醸し出している。


楽しみは、おやつ。

今日のコーヒーはシアトルのパイクプレースマーケットでしか売っていない豆で、映画「チャーリーとチョコレート工場」に出てくるウォンカチョコレートを食べながら、「塩気も欲しいね」と江ノ島からお取り寄せの"タコせんべい"と"みたらし団子グミ"もいただいた。キャンディ先生の「皆さんは、ここに居ながらにして世界の食べ物を食べられるのよ～。素敵でしょ」という声に私は誰よりも大きく頷き、ひたすら食べる。


次に楽しみなのが熟女達の刺激的な会話。今日は「私、おしり辞典を持っているの」という誰かのひと言から始まり、「私は各時代の春画を持ってるわ」と話は膨らみ、次から次へと聞いたこともない単語が飛び出してくる。

分野は幅広く政治経済から宗教、パチンコ、嫁姑問題までなんでもござれの集まりなのだ。

私は教えられることばかりなので、これまた大きく頷き、ひたすら食べる。

今日も90分の授業がつい盛り上がって2時間に延長された。


英会話教室に通い始めて、はや7年。

まだ英語は喋れるようにならないけれど大人の会話にはついていけるようになりました。

飛んでるイスタンブール

……
ルーシー
ティミー
ネル
ビアンカ
レイチェル
キャンディ

正しい英会話教室　課外授業①

ある朝、起きたとたんに泣けてきた。

長いこと習ってきたのに、未だにまともに英語が喋れない自分が情けなくて、泣けてきた。

他のクラスメイトはめきめき上達しているのに…。

一体いつの間に？

きっとラジオやテレビで学んでいるのだろう。

英会話教室”ＢＡＲイスタンプール“のキャンディ先生も私の劣等生ぶりには密かに心を痛めていたようだ。

苦肉の策で始めてくれたのが「課外授業」である。

ＢＡＲイスタンブールの生徒達が最初に連れていかれた課外授業は岡山駅前にあるネイティブの英会話教室だった。

カリフォルニア出身のアメリカ人、ジェームズ先生の教室は明るい照明にホワイトボード、生徒の椅子には筆記台が付いていて、まるで絵に描いたような英会話教室だった。

怪しく光るシャンデリアもなければ洋酒のビンもなく、鹿の剥製もいなかったので何だか落ち着かない。

この時、はたと気づいたのである。

私は既に"ＢＡＲイスタンブール"のトリコになっていた。英語の勉強など二の次で、ただ熟女達が交わす刺激的な会話だけを求めて夜な夜な通っていたのだ。

今更こんな健全な場所で清く正しく英語を学べるほど私はもうウブな女ではないのである。

しかし、せっかく英語力向上のためにと自腹を切ってまで連れてきてくれたキャンディ先生のためにここを何とか乗り切らなくては…。

ジェームズ先生の授業は英語のみで進められる。

ＢＡＲイスタンブールに7年も通っている私がキャンディ先生の面目を潰さないためにはとにかく話しかけられないことが重要だ。

ジェームズ先生はとても素敵な人だったけれど、極力目を合わさないよう心がけ、話にも耳を貸さないよう努力した。

一方、クラスメイト達はいつも通りにリラックスしているようだ。

先生の話にビアンカが頷き、ティミーが質問し、ネルは笑いをとっている。

私はそれを羨ましがりながらうつむいてひたすら時が経つのを願っていた。

目を合わさない作戦はほぼ成功。あと少しで授業が終わるところまできた。できれば最後まで口は開かず帰りたかったけれど、悲しいかな初めての授業には自己紹介がつきものなのだ。

もれなく私の番も回ってきたので、仕方なく用意していた自己紹介を始めた。

「わ、私の名前は、…ルーシーです。エッセイを書いていますっ。次の本がもうすぐ出ます。ザッツオール！でございますっ」不覚にもこれだけ喋るのに、いや読むのに、冷や汗を出してしまった私。

そのあとジェームズ先生がこちらに向かって何か質問をしていたけれど、私の

U
H
J
L
X
O
B
A
P

瞳孔が開いている様子をみかねたクラスメイトが代わりに答えてくれた。

いつもの3倍は長く感じた授業だった。


帰り道、授業を見学していたキャンディ先生は満足そうに口を開いた。

「みんなぁー。今日は素晴らしかったわ。日ごろの力試しができて自信もついたでしょ！」

うん、そうだね。みんな今日はアメリカ人みたいだったよ、と無言で頷く私に向かって、キャンディ先生は信じられないことを言った。

「特にルーシー。スバらしかったわ!!」

ほえ？　さっきの、あの、瞳孔が開いていた私の、いったいどこがスバらしかったんでしょうか？

目を丸くしている私に、

「だってあなた…、**英語を喋ってたわよー!!**」とキャンディ先生が目を潤ませた。

「ルーシーだけが心配だったのよぉー**!!**」と手を握ってねぎらってくれた。最後には、

「長いこと習ってきて良かったわねー」まで言ってくれるので私はだんだん嬉しさが込み上げてきた。

英会話教室に通い始めて、はや7年。

これでも少しは成長していたんだね。

石の上にも三年

ヒップホップで有頂天

課外授業②

「あなた達の人生変わるわよ」とキャンディ先生に唆され、次に行ったのはヒップホップ教室だった。

今度の特別講師はニューヨーク生まれの黒人ダンサー、フィリップ。

マライヤキャリーのステージで踊っていたという経歴の持ち主で抜群の筋肉美とピッカピカの白い歯がまぶしい陽気な20代の青年だ。

それにしても「ヒップホップ」が何のことやら解ってもいない、ひと歳とった私達生徒が、それを英語で習うなんて無謀なことを考え付いたキャンディもキャンディなら、ふたつ返事でやってみる生徒達も生徒達である。

ある人はヒップホップ用の服を買い揃え、ある人は靴を買ってこの日に備えた。

最初は例によって自己紹介。

「私の名前はルーシーです」

「おう、ルーシーはピッタリね。ルーシーの名前はちっちゃくてカワイイ♥」

片言の日本語で、フィリップがハグしてくれる。カワイイに気をよくした私は急にやる気が湧いてきた。

ここまで来たらやるしかない。勇気を出して鏡だらけの教室に入ってみよう。遠慮がちな生徒達が後ろで固まっているのを見たフィリップがみんなの立ち位置を決めていく。

私は、呼ばれて前列の真ん中に一旦立たされたものの、途中で、

「あ、やっぱりゴメンなさいねー」と後ろに追いやられた。

いったい何を基準に位置を決めているのかと思いきや、

「やっぱりレミが真ん中の一番前ね。若くてカワイイから、ぐふ♥」と嬉しそうなフィリップ先生。

この日のダンスだけ特別に参加していたティミーの愛娘レミちゃんに心を奪われたようである。

さっき私のことカワイイって言ったくせにただのリップサービスだったのね。

そんなこんなで立ち位置も決まり、いよいよレッスン開始。

聞きなれない超高速の音楽に身体をまかせ、英語で説明を受けていく。

それにしてもフィリップの踊りはキレがあって見ているだけでもレッスンに来た甲斐があるというもの。反対に私達の踊りときたら、無我夢中で動き狂ってはいるものの、盆踊りなのかラジオ体操なのか、はたまた陸でおぼれている人なのか。

傍から見ると笑い転げる面白さであることには間違いなかった。

レッスンを終えてヒップホップが自分に合っているとは全く思えなかったけれど、フィリップのダンスはかっこよかったし、日頃やらない運動をして妙な達成感を得た私は暫くこのヒップホップ教室に通ってみることを決めた。

翌週、性懲りもなくまたこの教室を訪れた私。

フィリップは期待以上に喜んで迎えてくれた。

「ハーイ、よく来たね。覚えているよ」

ラジオ体操
「盆おどり
うっ
ぐきっ

そうでしょうとも。確かフィリップも私にルーシーのニックネームがピッタリだって言ってくれたしね。

ピッカピカの白い歯を見せながらまぶしい笑顔でフィリップは今日もハグしてくれた。

「よく来たね。もちろん覚えているよ…、ティミー！」

ヒップ ホップ フィリップ

ジェントルマン

課外授業③

キャンディ先生の課外授業熱もどんどんヒートアップ。

今度はいきつけのカレー屋さんでイギリス男性をナンパしてきた。

といっても相手は70代のジェントルマン。

帽子、スカーフ、年代物のコートを身にまとい常にきちんとした印象。大学の先生を引退して、今は講演をしたり本を出したりしている彼は見るからに気難しそうで近寄り難い雰囲気だ。

「いろんなタイプの先生とお勉強したら楽しいと思うの」

と天真爛漫なキャンディ。

いったいどんな手を使って彼とお近づきになったのだろうか。

老教授の課外授業は彼のオフィスで行われた。

冷たい風が吹く冬の日の午後だった。

私達はお昼ご飯を食べながら自己紹介をしたり老教授の生い立ちを聞いたりして過ごした。気難しく見えた彼の口はどんどん滑りがよくなり、2時間の予定だったレッスンはその倍の時間が過ぎてもまだ終わらなかった。

ひとつ、不便なことがあった。

彼のオフィスにはトイレがなかったのだ。

いや、正確にはあるのだけれど壊れている。長年使用禁止になっているとのことだった。どうやら彼は近所のレストランでトイレを借りているらしい。我慢しろと言われると余計に行きたくなるものである。

さらに、もうひとつ。

彼のオフィスには暖房器具もなかったのだ。

いや、正確には小さなファンヒーターがあるにはあったが、その小ささときたら凍えた指先がやっと暖められるぐらいのサイズだった。スイッチは入っているのに室温は一向に上がらない。

この紳士は寒くないんだろうか
イギリスって寒いもんな
いやいや話を聞かねば……でも寒いなー
ん～であるから
こ～であ～で

寒い寒いトイレのない部屋の中で私達は最後までコートを脱ぐこともなく、冷えた椅子に腰掛けて、ただただ老教授の話を聞いていた。

スリッパはちょうどひとつ足りなかったので老教授は靴下一枚で耐え忍んだ。

最後には、レッスンなんだか我慢大会なんだかよくわからなくなってきた。

彼は近所のレストランが休みの日は、いったいどこでトイレを借りるのだろうか。

彼は暖房器具を何故買わないのだろうか。

私は彼に聞きたいことがあったけれど、言葉にすることはできず、また彼の発する英語も全く聞き取れなかったのである。

帰り際、老教授は

「もう帰るのか？」と名残惜しそうに姿が見えなくなるまでいつまでも手を振ってくれた。私は胸がジーンとした。

それにしてもキャンディ先生の英会話教室は、英語はともかく人生に必要なことを色々教えてくれる。

お陰で私はすっかり人生の耳年増になったたし、ヒップホップも少しは踊れるようになった。
さらに今日は「忍耐力」を学び、ひとまわり大きくなった気がするな。

堪忍は一生の宝

三度ある

その日、私と妹は真鍋島の実家に帰るべく、早朝から高速道路を笠岡に向けてビュンビュン飛ばしていた。

途中で右前方に事故車を発見。

その車は追越車線で頭を進行方向とは真逆に向けて鎮座していた。

スピードを緩めて見ると、車は横転しており車体の右側ボディが道路にピタリとくっついている。傍に若い男の子がふたり、歩きながら携帯電話で何処かに連絡を取っていた。

きっと粋がってスピード超過で走り、独り相撲をとってしまったのだろう。

高速道路を降りて一般道を走り出したら、**今度は左前方に横転しているバイク**

を発見。

おじいさんがヨロヨロとバイクを起こしシートに座るとトボトボと走り出した。

「なにかい？　今日は横転デーかい？」

雨でもない風でもない晴天の朝である。たった30分の間に2回も横転を目撃したので少し寒気がしてきた。

でもここから先は大丈夫。

船に乗って向かうのは信号なんてひとつもありゃしない瀬戸内海の小さな島。危険があるはずもないのである。

島に着くと港の周辺はいつになく賑やかだった。

作業服の一団が海を埋め立てて道路を広げ、道路から海までを石段でつなぐという大工事の真っ最中。私達は工事を横目にウチに帰ろうと歩き始めた。

とその時、ガッシャ〜〜〜ン！！！！！という轟音とともに地面が揺れ目の前でショベルカーが横倒しになったのだ。

転がり出た
おじさん

辺り一面に白い煙が立ち昇って、まるで雲の中にいるようだ。

みかげ石を持ち上げて順々に石段を積み上げて行く作業の途中でバランスを失ったショベルカー。一回転して石段から転がり落ちるところを、なんとか土俵際で踏ん張り海水に浸る寸前で停まっている。

私と妹は口をあんぐり開けて顔を見合わせた。

二度あることは三度四度

ランチュウでござる

受付嬢の次は事務のアルバイトをした。

思えば健康ランドの受付は足と顔の筋肉をフル回転で酷使する仕事であった。お年寄りやファミリーに喉を鳴らして施設のルールを説明し立ち通しでニヘラニヘラと愛想笑い。

ある時は酔っ払いおじさん、ある時は女装癖の大男、こそ泥やら、チカンやら、下のゆるい人やら…。

続々と登場する珍人物への対応はそれなりに慌ただしかったので次の職場では少し気を抜こう。何せ3ヵ月の短期アルバイト。椅子に座って机の隅でも眺めていればは時はゆっくり過ぎていくはずだ。

これから寒さにまっしぐらという12月。ある特殊な機関に勤務が決まった。

そこは動物の解剖や検査をする機関。

山奥にあり、そこで働いている人達は事務員の私以外、全員獣医である。

といっても動物を飼育しているわけではなく、生きている動物といえば玄関の靴箱の上にある水槽の濁り水の中で老金魚（ランチュウ）がたった1匹寂しそうに泳いでいるだけだった。金魚は獣医さん達にサカナと呼ばれていて、私はこのサカナのえさ係を任命された。


私は金魚をウツオと名付けた。


この事務所、驚くことに冬だというのに暖房は一切していない。

働く人はセ氏10度の部屋で上着をつけ、腰にひざ掛けを巻き、マスクまでつけて仕事をしているのである。

何でも、北海道の牧場から来た人が多くて服は防寒着か半袖のどちらかしか持っていないそうだ。北海道は冬にはいっぱい暖房するから家の中では半袖でも過ごせるらしい。

私は夏服で過ごせる北海道の暖かな部屋を想像しながら天井を見上げ、4台も付けてあるりっぱなエアコンに向かって溜息をついた。

仕方がないので獣医さんと同じ格好をして寒さに耐える。

さらに私は指穴つきの手袋をつけて仕事をし、来客にお茶を出す時にも決してそれをはずさなかった。

「人と触れ合うのが苦手なんです」と言っていた獣医さん達はみんな真面目で無口だった。

時折、牛や鶏について楽しげに喋っていたが、略語やアルファベットが多くて私の入る隙間はなかった。

私は挨拶以外は声を出す用事もなかったので、かりてきたネコのように大人しく過ごしていた。

唯一の話し相手は金魚のウツオ。

「おはよー。ご飯だよ。元気にしてた？」

水槽を指でコツコツ叩きながらえさをやり話しかけていると、彼はバランスの悪い泳ぎをしながら口をパクパクさせて答えてくれた。

寒さが日に日に厳しくなってきたせいか、ウツオの動きがだんだん鈍くなってきた。

水槽の底に沈んで動かないのだ。少し気にはなったけれど何しろ周りは全員獣医である。何かあったらすぐ手当をしてもらえるだろう。私は極寒の山奥に耐え切れず逃げるように1週間の休暇をとった。

そして、ほいさっさと南の島へ逃亡しビーチで遊びまくって浮かれ足で戻ってきた時に唖然とすることになる。

ウツオの身体にカビが生えていた。

しかも目はまさに死んだ魚のように曇ってピクリとも動かない。

慌てて獣医さんに知らせに行ったが、もう死んでいるようだと教えてくれた。私がバイトを始めたころからもう衰弱していてそろそろだめだと思っていたそうで、手は施さなかったと言うのだ。

話し合いの結果、ウツオは土に埋められることになった。

手術用の手袋をはめた獣医さんがカビまみれのウツオを手ですくい上げる。

とその時、ビクっと少しだけウツオが身体を震わせたのだ。

パッシャ

獣医さんはギョッと驚いてカビだらけの濁り水にウツオをまた戻した。

ウツオはまだ生きていたのだ。

それからというもの生命の尊さに目覚めた獣医さんは水を替え、薬をやり、全力でウツオを治療した。

ウツオはゆっくりと元気を取り戻していき、1ヵ月後にはなんとか餌も食べられるようになった。

ウツオの奇跡の生還はいつしか語り草となり、訪れる人の中には記念写真をとる人まで現れる。玄関の見捨てられたような水槽は見られていないようで、実は注目されていたのだ。

数日後、ウツオはタマゴを産んでいた。

ウツオはメスであった。

デンチュウでござる

ランチュウといえばデンチュウ？
真鍋島には珍しい電柱がある。
漁師料理「漁火《りょうか》」に立つ曲がったデンチュウ。

正しい食のススメ？

私は幼い頃から"何でも食べるよい子"であった。

学校は給食が楽しみで通っていたし、家でもご飯のおかわりは当たり前、おかずの皿は量が多いものを選んでとっていた。

よく食べていたせいか小学6年生で既に身長が160センチあって、たまに先生と間違えられていた。15歳の時、高校に通うため島を出てからは自炊もした。

そして20歳、私の食欲はピークを迎える。

当時、郵便局で働いていた私はお弁当の他に菓子パンを買い込んで出勤。トイレに行くフリをしては更衣室に立ち寄り、ロッカーの中に顔をつっこんで菓子パンを食べていたのだ。

カップラーメンなら6個めの汁を飲み干してやっとお腹が満たされた。

ある時は、姉が貰ってきた饅頭を彼女が会社に行っている間に3箱食べた。食べた饅頭の数は35個であった。会社から帰った姉は「まだ一つも食べていなかったのに」とお腹の底から残念がっていた。

夜中に空腹で目が覚めると、冷凍してある食パンを食べて飢えをしのぐ。凍った食パンは熱帯夜に最高だ。私は1斤丸々食べて身体を冷やし、またベッドに入っていた。


若さだけで意味もなくもてはやされる貴重な時期を、食べることだけに執着して過ごしていた。


そんな私も今では「健康、元気、長生き」が気になるお年頃。

良い食習慣を身につけなければと食育の勉強を始めた。

知ってしまうと恐ろしいのが現代社会の食文化。便利さに惹かれて添加物だらけの"出来合い"を食べていたけれど、心を入れ替えてLOHASな食生活を心掛けている。目指すは1日30品目。

食事は得意の無水鍋でチョチョイノチョイ。

ずる ずる ずる
カップラーメン
1.5

安全な水を1日2リットル以上飲み、足りない栄養は補助食品で摂っている。

たまに、ケーキを焼くのに材料を入れ忘れて膨らまないことや、小麦粉の代わりにプロテインの粉を試しに使って不味いお菓子を作ることもあるけれど、これはご愛嬌。


栄養のかたよりが気になるといえば、実家のある島で生活することが多いから魚介類の摂取が多いことだろうか。

今朝は、眠気覚ましに生きた海老を頭からガブリと頬張り、むしゃむしゃバリバリと5匹食べた。長さ30センチの鯛も塩焼きにしてひとりで完食。

お昼は生タコの踊り食い。ついでに海老も生きたままを油で揚げてみた。

今夜はお鍋でもしようかな。

具材は河豚かワタリガニ、サザエはやっぱり焼きましょう。

花より団子

由布院で作家気分

ハルコの趣味は「追っかけ」。

今はどうしようもないくらい大萩康司（オオハギヤスジ）というギタリストが好きである。コンサートがあると聞けば吹雪の北国だろうが灼熱の大都会だろうが、彼を追いかけていく。

うかつにも私は気づいていなかったけれど、昨秋ふたりで行ったイタリア旅行も、実はご執心のギタリストが通っていたシエナの音楽学校を人知れず見に行くのが目的だったらしい。

そういえばシエナの街を散歩しながら

「大萩様はこの石畳を歩いて学校に通っていたのね。あ、この店でジェラートを食べたって何かに書いてあったわ」と絶叫し有頂天になっていたハルコ。

全く呆れたものである。

そんな彼女に金魚のフンの如く、くっついて由布院へ行くことになった。

由布院・空想の森アルテジオの美術館で大萩様の"百席限りの、とても貴重なリサイタル"が開かれるらしいのだ。

旅先では、ハルコがひとり出かけている間、残された私は旅館でぐうたら寝て過ごすことが多いので、

「ケロちゃんって、昼も夜もよくそれだけ寝れるねぇ。旅に目的とか持たないの?」といつも呆れられる。このままでは三年寝太郎とあだ名が付きかねないので、今回ばかりは執筆の道具をカバンに詰めた。

由布院といえば温泉。

温泉旅館には昔から文豪が滞在して執筆にあけくれたものである。

私もポジティブエッセイ集第2弾を出版すべく、

ケロちゃん、作家活動で由布院に缶詰!

テーマはこれで決定。きっと鮮烈な代表作が生まれる旅になるはずだ。

本になるかどうかはともかく、私のやる気は満々であった。

旅館に着くと早速勝負服に着替えて、いそいそと愛しい人のリサイタルへ出かけるハルコ。出かける際、女将さんに向かって「残っている彼女は作家なんです。原稿を書くために缶詰なので外出はしません」と奇異な説明を始めた。

「ほぉ。どんなジャンルの作家さんですか？」女将さんが話に乗ってきたので、私は後ずさりし部屋に戻ったが、後ろから「エッセイです。あ、この旅館のことも書かれるかもしれませんよ…」などと話に花を咲かせているハルコの声が聞こえてきた。

それにしても、温泉旅館には誘惑が多い。まずは温泉でしょ。せっかくだから「美人の湯」には湯あたりするまで浸かりたい。

湯あがりには涼みがてら旅館の周りを散策して、おいしい珈琲で一服。もちろん名物も忘れずに、老舗のカギヤでおはぎを買って来ましょうか。おはぎを食べたら眠くなり、少しはお昼寝もしないとね。

——こうして目が覚めた頃には、とっぷり日が暮れていた。

やばい。もうすぐハルコが帰ってくる時間だ。まだ、1行も書けていない…。

ハルコには内緒にしておこう。

最前列の席にも座れたけれど、近すぎて恥ずかしいから2列目に座ったという奥ゆかしいハルコは、愛しい人に握手をしてもらい頬を染めて帰ってきた。

私が空にしたおはぎの箱を見て、

「6個全部食べたの？私のために1個も残してないの？？」と急に現実に引き戻されたようだが、

「ケロちゃんはおはぎでお腹がいっぱいなのね。ハルコは、大萩《おおはぎ》で胸がいっぱいよ〜♥」と食えないギャグをさっきから5回も繰り返してクルクル廻りだした。

きっと今聴いてきた曲をリプレイしながら、大萩様と手に手をとってお花畑でダンスでも踊っているのだろう。

ハルコはその昔、萩本欽一さんがやっていたテレビ番組で、面白いコントを寄せた視聴者に贈られる「欽ドン賞」というタイトルを2回も受賞した笑いの神童であった。

それが今では若い男にうつつを抜かしてこの程度の韻踏みしかできないなんて…。

心の底から彼女の将来が心配になってくる。

しかし私の将来はもっともっと心配だ。いったい何しにここまで来たんだっけ？

結局、ただただくつろいだ由布院。


3泊4日の旅を終え、意気消沈している私の携帯電話が鳴った。

相手は作家、山﨑拓巳先生。今や知る人ぞ知る作家であるが、私が出会ったのは先生がまだ世に出ていない20年前だった。

山﨑先生は、落ち込んでいる私を元気づけようと「今度の本は僕が帯を書いてあげよう」と口を滑らせた。


これぞ、棚から大萩《おおはぎ》！いやや、ボタ餅。

こうなったら一刻も早く山﨑先生の帯が見たい。

そのためには本の中身が必要だ。となると…、今度はどこで缶詰になろうか。

果報は寝てまて
おはぎは五ヶまで

ついに
妊娠したよ～
今7ヵ月…
ぐふふ
ムニャ…

あとがき

初めてのポジティブ・ショート「どんなこともケロッと」から3年。
第2弾を出すことができてよかった（笑）
応援してくださった方々に感謝の気持ちでいっぱいです。
有り難うございました。

縁あってこの本をお手にとってくださった皆様にも
心からお礼を申し上げます。
読んで、クスッと笑って、あしたもケロッとお過ごし
いただけたら、筆者本望です。

2007年10月18日
やましたゆうこ

文・やましたゆうこ

岡山県笠岡市真鍋島生まれ。美しい海のさざ波を子守唄に、よく眠りよく食べて元気に育つ。岡山県立笠岡高校卒業。岡山大学経済学部第二部中退。公務員を4年半務めた後、カラオケ喫茶店長にスカウトされる。暇をみつけてはカラオケ三昧の日々を送っていたものの、さらに地元企業に就職。ここで担当していた社内報がきっかけとなり、「書くこと」に目覚める。2004年7月ポジティブエッセイ「どんなこともケロッと」(吉備人出版)を出版。

画・やましたようこ

ゆうこの妹。1976年生まれ。地元岡山の短大を卒業。現在は主婦業と子育てにいそしんでいる。

ポジティブショート
あしたもケロッと

2007年11月13日　初版第1刷発行

著　者　やましたゆうこ
発行者　山川隆之
発売所　吉備人出版
〒700-0823 岡山市丸の内2丁目11-22
電話 086-235-3456　ファックス 086-234-3210
振替 01250-9-14467
メール books@kibito.co.jp
ホームページ http://www.kibito.co.jp/
印刷所　株式会社 三門印刷所
製本所　有限会社 明昭製本

ISBN978-4-86069-185-1